SOLLOZOS DE MUJER, ESPERANZA DE CORAZÓN

ExLibric

ANITA HICHAICOTO TOPAPORI

SOLLOZOS DE MUJER, ESPERANZA DE CORAZÓN

EXLIBRIC

ANTEQUERA 2024

SOLLOZOS DE MUJER, ESPERANZA DE CORAZÓN

© Anita Hichaicoto Topapori
Corrección: Natalia Herraiz
© de la imagen de cubiertas: Filomena Andeme Ndong Ayang
Diseño de portada: Dpto. de Diseño Gráfico Exlibric

Karityobo C. M.
africaengenero@gmail.com
Tel.: 0034 / 631-407-393

Iª edición

© ExLibric, 2024.

Editado por: ExLibric
c/ Cueva de Viera, 2, Local 3
Centro Negocios CADI
29200 Antequera (Málaga)
Teléfono: 952 70 60 04
Fax: 952 84 55 03
Correo electrónico: exlibric@exlibric.com
Internet: www.exlibric.com

ISBN: 978-84-10297-99-9
Depósito Legal: MA 2581-2024

Impresión: PODiPrint
Impreso en Andalucía – España

Nota de la editorial: ExLibric pertenece a Innovación y Cualificación S. L.

ANITA HICHAICOTO TOPAPORI

SOLLOZOS DE MUJER, ESPERANZA DE CORAZÓN

Por el sueño de un continente sin desigualdades.
A mi madre, Matilde Topapori Nkua.
A mis hijos M. N. y S.

Índice

Prólogo

En este contexto, la prolongación de un libro ya escrito por su autor es una tarea sumamente compleja, especialmente dado que se trata de una temática novedosa que se encuentra patente en el ámbito de la literatura ecuatoguineana.

Se trata de una obra literaria de género y de reivindicación femenina. *Sollozos de mujer* es todo un contenido en un contexto particular: es una realidad, una verdad, un gemido prolongado de toda figura femenina víctima de su drama personal en que la envuelve su propia sociedad, proyectada esa última por y para el provecho máximo del ente masculino. El Hombre.

Sollozos de mujer es el título de la segunda novela de la joven escritora Anita Hichaicoto, revelación de la Décima Semana de Literatura Ecuatoguineana de Viena 2023, tal como Trifonia Melibea lo fue en 2017. Ya ha escrito su primera obra literaria, fue un brote de narrativa testimonial. En la segunda novela de la escritora, ya no solo se trata de un lamento ni de un largo llanto. Anita no se limita a dar testimonio de las vicisitudes que sufre la mujer en toda sociedad en general, en el mundo africano y más particularmente en la sociedad ecuatoguineana; la guineana las denuncia.

El nuevo opúsculo de la escritora de Bioko es un acto de acusación; un grito que repercute en todos nuestros espacios, con el mismo impacto que tuvo la larga diatriba del escritor francés Émile Zola (1840-1902) con su homérico texto *J'accuse!* En efecto, la ofensiva literaria de Anita viene a socavar los fundamentos protohistóricos que siguen sosteniendo la carcomida cueva tradicional africana, donde manda y gobierna el Macho, y donde la Hembra es esclava y hace de todo: da placer al hombre en la cama, le prepara comida y se lo sirve en la mesa. La mujer limpia platos, lava la ropa y recoge todo en la casa. La mujer, en toda sociedad, tiene también el deber de ser fecunda, para reproducir otro hombre que también vendrá a gobernar a otra mujer que tiene también el deber de reproducir, para el bien del macho y de la humanidad entera.

Anita es una de las muchas jóvenes de las nuevas generaciones que se levantan contra este orden machista y primitivo de la sociedad. Es una de las que han surgido dentro de la movida sociocultural que ha generado en el escenario guineano el «fenómeno Melibea», es decir, la exaltación de la lucha por los derechos de las personas no reconocidas por la esclavizante casa Guinea. A saber, el derecho de las mujeres, el derecho de las personas LGBT. Una tremenda revolución que Trifonia Melibea Obono ha realizado en el campo literario de forma espectacular, con títulos de antología: *Herencia de* bindendee, *La bastarda*, *Las mujeres hablan mucho y mal, Yo no quería ser madre, Allí abajo de las mujeres.* Al grito de revuelta de Melibea, Anita responde con dos obras también de lucha contra la atávica violencia de género, que se transmite casi por herencia en las sociedades africanas que, en pleno siglo XXI, siguen con su apego primitivo y primitivista.

En su obra, Hichaicoto deja desnudo y sin tapujos al hombre guineano de hoy, que declara sin cesar su amor y fidelidad no a la mujer sino a «su tradición». Porque no puede hablar de «tradición» en una sociedad indefinida, sin norte ni sur, sin vela ni ancla, ni realmente europea, ni verdaderamente africana ni española (la referencia suprema) ni guineana (la referencia cotidiana). Hoy, el hombre guineano proyecta toda su impotencia, toda su ignorancia y todas sus frustraciones en el único ser que tiene en su punto de mira: la mujer, porque es «su» mujer. Por eso Anita ha escrito *Sollozos de mujer*. Para denunciar este crimen permanente de esa humanidad. Aquí, en esta novela, Anita desvela también el espejismo que presentan las sociedades matriarcales o matrilineales en África, puesto que en ellas también la mujer sigue sufriendo igual, ninguneada y explotada por la figura patriarcal que sigue siendo el hombre. Es más, en este contexto, la mujer, en quien se concentra todas las tareas del legado y de la propiedad familiar, es por su trabajo, esfuerzo personal y actividad no lucrativa, que hace que el hombre llegue a gozar del usufructo de la producción y reproducción femenina.

En definitiva, la obra de Anita Hichaicoto Topapori es un tratado de sociología que analiza la situación de la mujer en la sociedad africana, en general, y la guineana en particular. La condición femenina, en todos los sectores sociales y estratos de nuestra sociedad, es que la mujer sigue siendo invisible en el mundo africano, mientras que es extremadamente visible en el ámbito privado, por sus múltiples actividades productivas y tareas domésticas, por su alto rendimiento financiero en la economía informal africana. Sollozos de mujer.

Visto desde el punto de vista literario, Anita, con su obra, viene a reforzar el fenómeno iniciado por Trifonia Melibea Obono transformándolo en un movimiento social y nuevo género literario en la creación ecuatoguineana. Se trata de una literatura reivindicativa y pro derechos humanos de la mujer. Por primera vez se asiste a este fenómeno en las letras guineanas. Un posicionamiento de compromiso asumido. Una característica muy novedosa en el ámbito de la literatura ecuatoguineana. Hasta la aparición de Trifonia Melibea Obono y de su compañera Anita Hichaicoto, el feminismo y la literatura de género eran inexistentes en el espacio de creación nacional. A partir de esta constatación, se impone un breve apartado sobre la literatura guineana.

La literatura guineana actual es lógicamente heredera de la colonial española. Sus primeros pasos se dan en un escenario africano, pero con un telón de fondo dominado por colores de España. De ahí el sentimiento de exaltación de los valores españolistas, como muchos lo ven ingenuamente en la obra de Leoncio Evita en su novela *Cuando los combes luchaban* (1956); también se percibe un fuerte sentimiento de angustia y vacío, como refleja Donato Ndongo Bidyogo en una de sus primeras obras: *El sueño* (1975). En todo caso, la verdad es que los primeros monumentos de la literatura guineana se elevan con ladrillos de España.

Durante el proceso colonial, el guineano ha sido objeto de una profunda aculturación, pero también ha formado parte del mundo adulado por el blanco español, fenómeno inédito en el cruel mundo colonial. Cabe leer los escritos de Íñigo de Aranzadi. Esta es también la diferencia entre el colono español y sus homólogos en África, por parte de la metrópoli.

Cuando llega la independencia, España se retira y el guineano se queda huérfano: su pasado ancestral ha sido liquidado por el proceso colonial y su único arropo lo constituye el legado colonial. Esa situación de abandono intelectual, pero también material, crea una profunda angustia existencial en los círculos culturales guineanos en el exilio. A los autores que han vivido esa realidad histórica, expuestos y confrontados al drama que supuso la independencia guineana, tanto en España como en la misma Guinea Ecuatorial, se les conoce como la «generación del olvido». La generación del olvido se sitúa, cronológicamente, mediante sus publicaciones entre 1968, fecha de la independencia guineana, y 1980, después de la muerte de Francisco Macías Nguema, primer presidente de la Guinea independiente, ejecutado tras el golpe de Estado de 1979 que propulsa en el poder al actual jefe de Estado ecuatoguineano, Teodoro Obiang Nguema Mbasogo. Al ser la literatura guineana una obra de reciente creación, muchos de los analistas que la estudian dudan en clasificar a sus diferentes autores por generaciones o por corrientes.

En el presente estudio vamos a optar por diferenciar los autores no por etapas generacionales, sino por corrientes y tendencias. Considerando también que un mismo autor puede incluirse en diferentes tendencias debido a la proximidad generacional. De modo que nos encontraremos con varias corrientes, destacando la de la ruptura, la corriente hispana, la hispano-guineana, la corriente popular y la corriente desconectada o independiente.

La corriente de la ruptura la representa Leoncio Evita con su trascendental obra *Cuando los combes luchaban*. La polémica que sigue suscitando hoy la única obra de Leoncio Evita es acorde a su importancia y trascendencia. En los tratados clásicos se considera la obra del combe de Udubuandjolo como una «novela de costumbres de la Guinea Española». Eso es verdad. La crónica neocastellana dice también que «la acción transcurre en Río Muni, entre la etnia *ndowé*, la del autor, en una época precolonial. El protagonista es un misionero protestante blanco, desde cuyo punto de vista se explica la historia y que es empleado en alguna ocasión por el autor para contrastar la "civilización" europea con el "salvajismo" de las costumbres africanas, que son explicados con mucho detalle. Este rechazo del autor a su propia identidad, que lo encuadra dentro de la literatura de consentimiento, fue empleado profusamente por las autoridades coloniales españolas como ejemplo de la "acción civilizadora" de la colonización en África». Para nosotros, los guineanos, Leoncio Evita simboliza, él solo, la generación de la ruptura. Esa que recoge como palestra el legado literario colonial español para asentar las bases de lo que más tarde se daría en llamar la identidad guineana en términos políticos, o más concretamente la originalidad de la literatura guineana, en el marco literario. Con la obra de Leoncio Evita, la literatura guineana sale a la luz del día y se descubre con todos sus componentes.

Este es, pues, el legado literario de la nueva escritora guineana que sabe autodefinirse:

Soy natural de Bátöipökkó, un pueblo que se encuentra a 26 kilómetros de Malabo. Soy del clan Babiaoma. Me explico. Los *boobes*, hoy conocidos como los bubis de Bioko, llegaron a la isla de Bioko 3000 años a. C. en cinco oleadas, y se dividían en tres tribus: los basósolos, tribu que ocuparon las costas; las barakaitas, que vivían en la profundidad de los bosques, y las últimas tribus en llegar, los babiaomas, una antigua tribu ancestral «humano-guerrera». La llegada de este último grupo desencadenó varias guerras territoriales con los basósolos y posteriormente contra los barakaitas, los babiaomas se asientan en las tierras conocidas actualmente como de Batete, pero las excesivas guerras territoriales forzaron su migración hacia el norte guiados por el gran líder Bapori, en busca de nuevos asentamientos. Esta peregrinación duró hasta que llegaron a tierras del actual Bátöipökkó.

Este clan ancestral se dedicaba principalmente a la agricultura y la caza de animales, puesto que era importante conseguir un asentamiento cercano al río. Bapori, que con el remo a mano (símbolo de poder del clan Babiaoma) decidió que en aquel lugar (en Bátöipökkó), se realizara el reparto de las numerosas familias con las que había emigrado, las cuales se dividían en dos principales tribus: los bariobadas y los bahos. Dicho reparto se ejecutó en Bese, situado en la zona alta del actual pueblo de Bátöipökkó y en ese punto donde está la finca de mis ancestros, se dio el reparto de las tribus Baho que compone los actuales pueblos de Rebola, Sampaka y Basilé, y la tribu Barriobada compuesta por los pueblos de Bátöipökkó, Baloeri y Basupú, pueblos a los que yo pertenezco. Bátöipökkó, nombre que traducido al español significa «no tienen jabalíes», y que la colonia tradujo como Batoicopo hasta el día de hoy, debe su atribución a una leyenda ancestral que revela la existencia de numerosos jabalíes por esta zona en tiempos remotos. Bátöipökkó comprende varias familias, los Ityaicoto, los Eohopí y los Sohoa, entre otras. Una de mis abuelas fue lideresa en nuestro poblado, es decir, que llegó a tener en sus manos el bastón de mando, un dato interesante porque se trata de una figura femenina magna que evidentemente ha influido en mi vida.

Nacida en una isla, Anita es bubi de Bioko, hija de Bátöipökkó, pueblo equidistante entre Malabo, la capital guineana, y Luba, antes también capital económica por la exportación de cacao, cuando esa ciudad se llamaba San Carlos. Una época que Anita no conoció, pero su discurso sigue siendo lúcido como el de sus ancestros que lucharon por la autodeterminación de Fernando Poo durante el proceso de la independencia de Guinea Ecuatorial en 1968. Bioko. Fernando Poo, hoy Bioko, es la isla más grande de Guinea, con unos 2017 km². Se encuentra a cientos de kilómetros de la banda continental guineana, pero a unos 40 kilómetros de las costas camerunesas. Bioko alberga la sede de la capital de Guinea Ecuatorial, Malabo. De este hecho, Bioko ha sido el escenario principal de la historia guineana, en particular sus movimientos de población. Los británicos ocuparon esa isla entre 1827 y 1832, fundando el establecimiento de Port Clarence, posteriormente Santa Isabel y hoy Malabo. En marzo de 1843, la expedición de Juan José Lerena iza el pabellón español y recibe la adhesión de la población local. Durante el periodo 1887-1897, varios representantes españoles establecen relaciones con el rey Moka de Bioko, quien en la segunda mitad del siglo XIX unifica a todos los clanes *bubis*: le seguirán Sas Ebuera entre 1899-1904 y el rey Malabo entre 1904 y 1937, el último de los cuales será traicionado por los españoles. Los *bubis*. Para muchos guineanos de cultura continental, es una isla que tiene siempre un encanto particular, que es también el elemento diferenciador que configura su realidad concreta. Es precisamente esa la visión que proyecta el pueblo *boobe* cuya identidad se caracteriza por su gran arraigo a su tierra natal Bioko.

Esa realidad viene reflejada de forma lírica en los escritos de tres destacados poetas de Bioko: Justo Bolekia Boleká, Juan Balboa Boneke y Ciriaco Bokesa. Pueblo noble, impregnado de una profunda espiritualidad que emana de su espacio natural, los *bubis* se encontraron muy pronto confrontados por las expediciones negreras europeas, holandesas e ingleses en particular. Sus reyes optaron por su adhesión a la soberanía española. La asimilación cultural castellana fue rápida y profunda, acabando con la mayor parte de sus formas de vida tradicionales. El pueblo bubi lo integran diferentes clanes que se encuentran en toda la isla. Cada población bubi es gobernada por un jefe hereditario o *butuku*, o *cocorocó*, los bubis aparecen como una sociedad matrilineal con una cultura basada en la integración social del individuo en el seno de la comunidad. El pueblo bubi se regía por una monarquía propia que remonta a mucho antes del siglo XVII. A continuación se enumeran los principales reyes bubis:

Dinastía Bamöumá Mölambo (1700-1760)

Loríité (1760-1810)
Löpóa (1810-1842?)

Dinastía Bahítáari Möadyabitá (1842-1860)

Sëpaókó (1860-1874 o 1875)
Moka (1875-1899)
Sás-Ebuera (1899-1904)
Malabo Lopelo Melaka (1904-1937)

Con todo ese legado histórico, cultural, geográfico y, sobre todo, de cara al futuro, la autora de *Sollozos de mujer* nos envía una bonita correspondencia que todos vamos a leer mañana como «sonrisas de primavera» celebrando siempre la Semana de Literatura Ecuatoguineana.

Joaquín MBOMIO BACHENG
Periodista y escritor

África y el feminismo

El feminismo africano es una estrategia de lucha contra la violencia y discriminación, partiendo de la realidad de que la mujer africana es consciente de los desafíos a los que se enfrenta y, aunque no los defina de manera didáctica, sí construye estrategias de lucha contra el patriarcado. La sociedad africana se está modernizando; aun así, se mantienen las estructuras tradicionales y el reparto de roles de género en las instituciones socioculturales y políticas. Por eso, el feminismo africano es la respuesta opuesta a estas estructuras y la propuesta de un sistema africano inclusivo.

La novela *Sollozos de mujer* muestra la resistencia de la mujer africana contra la tradición; construye una estructura de lucha sistemática en la que cada mujer es protagonista de su propia batalla; propone la toma de conciencia; invita a la reflexión y a la aceptación de una realidad que se puede transformar; realiza un análisis del proceso de desigualdad; aborda la trata con fines de explotación laboral, el matrimonio infantil, la maternidad precoz y diversos temas de violencia de género que están siendo avalados por las tradiciones africanas; ofrece la esperanza de reconstruirse, la voluntad de integración y los esfuerzos y sacrificios que eso implica; presenta al hombre como víctima inconsciente del patriarcado; y es un instrumento que pretende dar voz a esas mujeres cuyas voces han sido silenciadas.

Capítulo 1

—¡En nuestra época, las cosas se hacían de otro modo! —grita una señora alzando el cuello, como queriendo asegurarse de que sus palabras van en la dirección correcta. La señora deja caer los brazos sobre sus costados en señal de decepción, y camina deprisa, como si fuesen sus pies las ruedas de una bicicleta cuesta arriba, yendo en dirección a no sé dónde. Al otro lado de la calle, dos bebés lloran sentados en la acera, sus cuerpecitos cubiertos de fango. En sus manos, los niños sostienen algunos trozos de panes aparentemente del día anterior. Sus narices chorrean mocos y sus labios están completamente secos.

Es lunes, ocho y media de la mañana. Parece que saldrá el sol. La brisa sopla coqueta, llevando a donde vaya el mal olor de los contenedores rebosados de basura no reciclada.

Suenan las campanas de la parroquia invitando a los fieles al rosario matinal, pero las bancadas del sitio se aburren, están completamente vacías.

A los bares del barrio, una clientela de hombres se acerca en busca de una copita de gin, Tres Cepas, Larios o vino. Como no la encuentran en ningún otro sitio, buscan en el vaso la alegría de estar vivos.

La escuela ha abierto sus puertas. Las muchachas la limpian con escobas y fregonas que mojan en el agua de los canguros que los muchachos acarrean, mojándose el uniforme, desde el grifo al otro lado de la calle, junto al bar de Toni. Ahí, tumbado sobre una silla de plástico verde, el profesor se busca las ganas de vivir, en un chato de gin.

«¡Vaya postal matutina!», pienso mientras camino por la acera con desgana, haciéndome las mismas preguntas que cualquier persona que no sea de aquí y tenga un poco de sentido común se estaría haciendo ahora mismo: ¿cómo eran las cosas en otra época? ¿Por qué está vacía la iglesia y los bares están llenos por la mañana? ¿Qué hacen dos bebés solos, cubiertos de fango, sentados en la acera? ¿Dónde están sus padres? Y lo que a ti, lector, quizás te parecerá lo esencial: ¿quién soy y adónde voy tan temprano? Son demasiadas preguntas, y temo que no estés preparada o preparado para asumirlas todas a la vez.

Comenzaré, pues, con la más difícil, para ayudarte a decidir si quieres irte o quedarte a presenciar el crimen que la Diva y yo vamos a cometer, un verdadero atentado contra la tradición y las buenas costumbres de la mujer africana bantú, colapso de la sociedad, disrupción del orden y detracción de la paz que se respira en nuestro amado suelo patrio. Si decides quedarte, al final serás de gran ayuda: un testigo imparcial en el juicio al que nuestros hermanos intentarán someternos.

Capítulo 2

Me presento. Mi nombre es Leoner Belako. Vivo en San Valentín, un barrio corriente como otros tantos de la ciudad de Malabo. En este barrio, las calles no tienen nombre, ni las casas números. De frente puedes divisar preciosas mansiones amuralladas y a unos metros detrás de ellas, charcos de fango que conducen a chabolas de madera desgastada, poco atractivas, que dan la bienvenida a la región de los pobres. Es un barrio enorme, generalmente ruidoso debido a la competencia entre los altavoces de la feria de bares situada a unos metros del mercado más grande de la ciudad.

Tengo un marido y dos hijos. En teoría, no me falta nada. Y, sin embargo, una profunda pesadez me llena el cuerpo, me nubla el pensamiento en días como este. ¿A quién quiero engañar? Vivo agobiada. Estoy cansada de servir sin recibir nada a cambio, de ver pasar mi vida sin sentir que estoy viviéndola en mis propios términos. Quiero desahogarme y no puedo.

Atada estoy con la boca cerrada. No me siento libre. La poca libertad que tengo la disfruto solo en el bar de Toni, lugar de hombres al que entran las mujeres para ser parte del consumo. La situación es lamentable, de verdad, pero el bar de Toni es el único espacio donde puedo conocer a gente, hablar, desahogarme y soltar, aunque sea por unos segundos, mi tristeza.

El bar está situado al lado de la casa del General Azama, frente a la Escuela Nacional San Valentín. El propietario es Toni, un joven de Guinea Ecuatorial, que contrata de camareras o camareros a niñas menores o a hombres gais que darían cualquier cosa para ganarse la vida, con la condición de que se vistan de manera provocativa para coquetear con los clientes y captar la atención de los hombres que beben cerveza en un lugar que huele a fritanga. Hombres que cuentan las monedas para pagarse las cervezas mientras conversan sobre lo que sucede en el barrio.

Camino hasta el bar de Toni, las sillas de plástico, de diferentes colores, invaden la acera, bloqueando el paso a los peatones, que se ven obligados a transitar por la carretera, esquivando a los coches que casi siempre van a mucha velocidad.

Entro en el bar, abriéndome paso entre hombres que sueltan piropos groseros para llamar mi atención. Tras la barra se encuentra una muchacha, alta y fina, con una minifalda roja y un vestido blanco de escote ajustado, no tendría más de dieciséis años. Me siento y pido una San Miguel. La muchacha me pregunta si vengo acompañada. Suelto una risita burlona y guardo silencio. Ella se rasca la cabeza, como quien no acaba de entender qué hace una mujer sola tan temprano en un bar. Pese a eso, abre el congelador y rebusca entre las diferentes marcas de cervezas una San Miguel en lata, y me sirve rápidamente.

Aún no había llegado la cerveza a mi boca cuando irrumpió alguien en el bar. Quedé perpleja, con la lata colgada en las manos y los ojos abiertos como platos. Un silencio inundó el bar, seguido de pequeños murmullos, semejantes a gotas de lluvia sobre un tejado viejo. El personaje vino lentamente hacia la barra, pidió una cerveza y se sentó a mi lado. En un instante mi mente se llenó de preguntas: ¿qué hace esta chica en un lugar como este?, ¿por qué se sienta a mi lado?, ¿qué la obligó a casarse tan temprano?, ¿es feliz?

Capítulo 3

Es La Diva del barrio: rubia, de cuerpo esbelto, tendrá veinticinco años; destaca por la posición económica de su marido, el general Azama. Este participó varias veces en defensa del jefe de Estado y, por esto, fue condecorado varias veces. Es un peso pesado, con muchísimo dinero y varios coches de lujo y mansiones.

La joven tenía la mirada triste y desorientada; miraba fijamente al envase, buscando algo más allá del líquido; no dejaba de asombrarme, ¡La Diva bebiendo en un bar de barrio! Desde que llegó, su carácter altivo le había hecho ganarse el apodo de La Diva. Además, se la veía muy joven para estar casada con el general Azama, que la triplicaba en edad. Sigo sin entender por qué habrá dejado su mansión para venir a un lugar que desprecia. Seguro que ha perdido la cabeza.

Sonó el móvil interrumpiendo mis pensamientos, «seguro que estará en algún recoveco de mi bolso». Dejé la lata en la barra para buscarlo, y en esta acción mi codo chocó con la lata de cerveza: ¡Paf! La lata calló en la barra y el líquido se derramó sobre las piernas de La Diva.

«¡Qué tragedia!». El disgusto me hizo olvidar la llamada y, por supuesto, la cerveza. El panorama era tan trágico que rápidamente me disculpé, inclinándome para limpiar sus pies con parte de mi vestido, mientras en mi mente confeccionaba una buena excusa para evadirme del conflicto que acababa de crear.

Ella dejó escapar una sonrisa, apartando mis manos de sus pies.

—¡Tranquila, no pasa nada!, mejor esto que el agobio de mi marido —dijo sonriendo.

—¡Encantada!, me llamo Leoner Belako, vivo detrás del edificio de enfrente, perdona por lo de la cerveza —le dije, estrechándole la mano.

—No es necesario que te disculpes, es un placer conocer gente agradable. Soy Mareen —dijo estrechándome la mano.

Decidí no preocuparme y disfrutar del momento, hice un gesto a la muchacha pidiendo dos latas más.

Capítulo 4

—¿Sabes? Mi marido y yo somos dueños de la funeraria de al lado. Como tú sabes, las familias corren con los gastos de los entierros y a veces no tienen el dinero suficiente para comprar un buen ataúd, y quienes tienen suficiente, lo encargan en el extranjero, esta situación nos está llevando a la ruina —le dije, y continué hablando—: Mi marido es el carpintero de la zona, se llama Wilelò. Somos amigos de la infancia, del mismo pueblo. Él no iba a la escuela, tenía que ir a la finca con sus padres. Para su padre, la escuela era un invento del colono para estafar a las familias pobres.

Mareen tenía una mano en la mejilla y con la otra bebía pequeños sorbos, haciendo gestos aquiescentes.

—¿Cómo era vuestra vida en el pueblo, Leoner? —preguntó Mareen con curiosidad—. Nunca he vivido en un pueblo.

—En el pueblo, la rutina era siempre la misma: por las mañanas, los niños nos íbamos a la escuela. En las tardes, Wilelò y yo teníamos la oportunidad de encontrarnos para jugar. Y al brillo de la luna, cada niño se quedaba en la cocina materna, junto al fuego, contando historias, ya que no había luz. Nos acostábamos temprano y nos despertábamos con el cantar del gallo.

Más tarde nos hicimos novios. Wilelò, pese a ser un muchacho travieso, era astuto, así que, mantuvimos la relación en secreto para que no se enteraran nuestras familias.

—¿Sabes, Belako?, a las niñas, se nos educa para ser buenas esposas, como manda la tradición y respalda la Iglesia. La familia espera que, aun siendo menor, te cases con alguien que ostente un cargo político o con un empresario adinerado que pueda calmar el hambre de la familia. Nosotras somos el pasaje de nuestras familias hacia una vida mejor. Cualquier muchacho que no sea de buena cuna es un intruso que viene a destruir tu futuro. El futuro que tu familia te tiene destinado.

—¡Totalmente de acuerdo, Mareen! Cuando el rumor de la relación entre Wilelò y yo corrió por el pueblo, mi abuela me sometió a un interrogatorio riguroso. Quería saber si estos rumores eran ciertos. Yo fingí no saber de qué me hablaba y, como no le convenció mi respuesta, decidió enviarme a la ciudad, como señorita de la casa con una señora del pueblo.

—Eso de señorita de la casa, ¿qué es? —preguntó Mareen mirándome fijamente a la cara—. Suena a buena vida en la capital.

—Pues, siento decepcionarte, es todo lo contrario a lo que te suena. Una señorita es una especie de cenicienta con su vestido y su escoba, que se pasa el día cumpliendo órdenes. Es la primera persona en levantarse y la última en dormir. Las niñas, en el pueblo, aprendemos rápido a realizar las tareas de casa: lavar la ropa, fregar los platos, limpiar el suelo, organizar la cocina, hacer la comida, atender a los más pequeños…, una lista interminable de tareas que nos hace parecer adultas. Las mujeres, en las ciudades, saben que contratar a una empleada de hogar sale carísimo. Por eso, se viene al pueblo en busca de familias pobres que tengan niñas adolescentes y prometen pagarles sus estudios y darles una mejor vida en la ciudad. Cuando nuestras familias acceden a este tipo de acuerdos, no saben que en realidad hacemos las veces de una empleada de hogar. La única diferencia con ellas es que vamos a la escuela, pero con el dinero de la compra en la mochila. Las niñas se ven en la ciudad trabajando sin descanso, comiendo poco y no durmiendo lo suficiente.

—¡Qué situación más trágica!

—¡Bueno!, en mi caso, la casa de esa señora era el único lugar que tenía para vivir en la ciudad. Me convenía asumir que esta situación duraría hasta que un hombre me llevara a vivir con él, cosa que, por lo visto, Wilelò ya tenía planeado.

Para entonces, las hermanas de Wilelò le habían enviado a aprender un oficio en el taller de carpintería de su cuñado Boho, que quedaba a una manzana de mi escuela, y cada vez que salía de clase, pasaba allí a pedir algo de comer antes de ir por los recados de mi tía.

Capítulo 5

Las épocas trascurrieron de seis meses de lluvia a seis meses de sol en la isla de Bioko y así durante cuatro años. Al finalizar el bachiller Wilelò y yo decidimos irnos a vivir juntos. Con lo que ganaba de los trabajos de reparación de muebles, alquilamos un cuarto.

Con el tiempo, yo logré entrar a la universidad y él cumplió su sueño de abrir su propia carpintería, gracias a esto nos mudamos a una casa un pelín más cómoda.

—¡Ay, Leoner!, seguro, saboreaste por fin la libertad y la felicidad de ser dueña de tu propia casa.

—No del todo. Atender la casa y estudiar no es fácil, pero era la única salida para conseguir un buen trabajo.

—¡Cuánta envidia!, se nota que siempre os fue bien —dijo Mareen con recelo.

—También pasamos momentos difíciles. A los dos años de convivencia, apareció, una mañana, «la serpiente» que nos echaría del «jardín del Edén», la hermana de Wilelò.

Llegó su hermana una mañana como huyendo de un fuerte viento. Se sentó sin apenas responderme al saludo y me ordenó llamar a su hermano. Wilelò, preocupado, salió del cuarto arreglándose las sandalias.

—Siéntate —le ordenó con voz firme. Wilelò se sentó.

Me asomé a la ventana para saber de qué hablaban.

—¿Cuándo piensas tener hijos, como el varón de esta familia? —dijo su hermana.

Wilelò se rascó la cabeza, arrugó la frente, pero no respondió.

—Cuando tu mujer encuentre un buen empleo te abandonará. Si no te da un hijo no cuentes con la familia, me envía tu padre a decirte.

Después de hablar, se levantó de la misma manera que lo haría un cura al finalizar su homilía. Wilelò se quedó un buen rato pensativo; luego, muy desanimado, tomó su bolso de herramientas y se marchó sin despedirse; esa fue nuestra primera crisis.

—¡Camarera!, cuatro cervezas más —solicitó Mareen, mientras me daba unas palmaditas en la espalda para empatizar con mi historia—. Imagino cómo te sentiste.

—Me sentí rota, me veía comprometida con una persona que no se había independizado de su familia. Mi silencio ocultaba la realidad agridulce que acababa de escuchar, y Wilelò estaba seguro de que no me había enterado de nada.

—Señoras, disculpen, que ha acabado mi turno —dijo la camarera mientras recogía las latas vacías de la barra—. Le pagan la cuenta a mi compañero.

Un muchacho, con pluma y voz muy femenina nos saludó cariñosamente.

—¿Seguro que es gay? —preguntó Mareen sorprendida—. ¡No puede ser cierto!, es un joven muy atractivo.

—Y muy simpático. Lástima que por aquí haya poca tolerancia a la homosexualidad.

—¿Por qué dices eso? Creo que la libertad sexual es un derecho.

—Pues aquí parece ser que no. Cierto día saliendo de la universidad escuché un alboroto; me detuve a averiguar qué estaba pasando, y me sorprendí al ver al muchacho con el vestido desgastado y la cara desfigurada, porque algún cliente se sintió con derecho a darle una paliza y nadie había intervenido para evitarlo. Ni siquiera los hombres casados que en su piel encuentran placer en noches de borrachera, donde justifican con el alcohol su tendencia homosexual.

—¡Qué experiencia más triste!, bueno, volviendo a tu historia, ¿cómo arreglasteis la situación?

—No fue fácil. Wilelò se mantuvo en silencio, buscando cómo convencerme de que le diera un hijo, para cumplir con la tradición venérea de nuestros ancestros.

Sus silencios eran para mí como látigos en la espalda del mesías, y como ya no aguantaba le propuse hablar del tema.

—¿Le vas a hacer caso a tu padre? —le pregunté una de estas tardes, durante la comida—. Yo quiero terminar mi carrera —le dije.

—Cumpliré con el deseo de mi padre —dijo con voz firme y sin titubear—. El hombre hace el linaje y el linaje hace la tribu. Si no tengo hijos, la descendencia de mi padre desaparecerá, y está siendo demasiado tarde.

Wilelò significaba todo para mí, y estaba dispuesta a hacer lo que fuera para complacerle. En ese momento, entendí que el amor podría ser un sentimiento mediocre, que desencadena en una serie de errores. Aquel día concebimos a nuestro primer hijo, que nació nueve meses y un día después.

Capítulo 6

Cuando di a luz no tardé en encontrar trabajo, por lo que debía dejar a mi hijo con una niñera, aunque a Wilelò no le parecía bien. El trabajo era tan intenso que llegaba a casa cansada y me quedaba dormida, lo que nos llevó a la siguiente crisis.

—Por el bien de nuestra relación, deberías dejar el trabajo —me dijo Wilelò, una mañana durante el desayuno.

—No voy a dejar mi trabajo —respondí tajante y de muy mala manera—. Mi trabajo ha ayudado a mejorar nuestro estilo de vida, y gracias a ello obtuviste un crédito para abrir una funeraria —respondí sin más y me levanté dejándole con la palabra en la boca. Wilelò se enfureció y tomó decisiones que hicieron de la relación un espacio incómodo; no comía en la casa, trasnochaba o aparecía cuando le daba la gana y, por eso, decidí romper la relación.

—¡Aaaaah!, ya decía yo. Recuerdo haberte visto en la constructora —alegó Mareen con una mirada dudosa, rascándose la cabeza.

—Es posible. Trabajo de asistenta en la empresa E. G. Construcciones.

—Pues es una de las empresas de mi marido. La dirige Rosa, su hermanita —respondió Mareen sonriendo mientras le daba un sorbo a la lata de cerveza casi vacía.

—Háblame de tu experiencia como madre soltera y cómo fue que volvisteis a estar juntos.

—Bueno, ser madre soltera es, en principio, deprimente: se te va el apetito, apenas duermes, estás pendiente de alguna llamada suya. Con el tiempo te vas acostumbrando a tener más tiempo para ti, por lo que poco a poco mejora tu físico y tu salud mental.

»De esa experiencia aprendí que estamos expuestas a transformaciones y que la propia vida se encarga de poner las piezas en su lugar. Aprendí a amarme más y apreciar la naturaleza; lo seguía extrañando y tenía la esperanza de que, algún día, tocase la puerta. Soy una mujer hecha de hierro, pero frágil como una mezcla de buñuelos por dentro. Me veía presa del pasado, pero esperaba que el tiempo perdido le hubiese servido para darse cuenta del error que había cometido; deseaba que le fuese mal y que volviera arrastrándose ante mí.

Mareen notaba la nostalgia de aquellos tiempos en mi voz y la historia de mi vida se había vuelto interesante.

—¡Las mujeres decentes no se sientan en los bares! —murmuró un señor barbudo y gruñón, que olía a sudor y que apartaba los taburetes para hacerse un espacio en la barra. —¡Dame dos tiras de cervezas!, no del tipo que beben las chicas que han venido a invadir nuestro espacio —dijo esta vez en voz muy alta, mientras tomaba a tragos las cervezas como quien lleva un día entero buscando agua para calmar su sed.

—No le hagas caso, Leoner. Los hombres se sienten amenazados cuando aparecen mujeres en espacios públicos, donde no se les necesita para pagar la cuenta —dijo Mareen volteándose para responder al señor gruñón—. Esta vez no somos parte del consumo, y este es tu problema.

El señor no continuó con la discusión, seguramente porque sabía del estatus del marido de Mareen. En cambio, Mareen se reafirmó golpeando las manos sobre la barra.

—Camarero, otra tira de cerveza, que aquí pago yo —replicó provocando, luego dio un trago de cerveza y dijo—: no pienso perderme el clímax de tu historia de amor ¿Cómo fue que volvisteis a estar juntos?

—Bueno, Mareen, eso fue hace dos años. Un día de estos, coincidimos en el aeropuerto: yo fui por un encargo de la empresa y él volvía de despedirse de su hermana que viajaba a Europa; me invitó a cenar y acepté amablemente.

Aquella tarde, fuimos a comer a un restaurante japonés en el centro de la ciudad. Mientras estábamos sentados me imaginaba el desnudo de su piel entre mis piernas, el olor inconfundible del sudor de su cuerpo húmedo mientras deja reposar el peso de su pecho sobre mí.

—¡Parece que no ha corrido el tiempo! —dijo Wilelò, rompiendo el silencio que desbloqueó mis pensamientos eróticos.

—Así es —le dije con una sonrisa. Luego, pedimos dos copas de vino, brindamos y comenzamos a hablar.

—Quiero empezar pidiéndote perdón por la manera en que me fui sin tener en cuenta tus sentimientos —dijo Wilelò con la mirada triste y seductora—. Probablemente ya has rehecho tu vida, pero, si no es así, me gustaría que me dieses una segunda oportunidad.

—A mí me va bien, me han ascendido a jefa de departamento y mi hijo va a un colegio bilingüe —respondí sin mostrar debilidad—. Sin embargo, Wathé necesita de una familia y si estás dispuesto a volver a empezar de cero, por mí eres bienvenido.

—Acepto la propuesta y estoy dispuesto a dar de mi parte para construir un hogar como el que nos imaginábamos de niños en el pueblo —dijo Wilelò entusiasmado.

Aquella noche nos comimos a besos y el sexo se encargaba de pedir disculpas. Nuestros cuerpos se ponían de acuerdo y nosotros decidíamos cuándo parar.

En poco tiempo nos casamos tradicionalmente, dando una fiesta por todo lo alto. Asistieron amigos y enemigos, y como producto de aquella reconciliación, tuvimos a nuestro hijo, Isaho y más tarde a Esapa.

Capítulo 7

Le di el último trago a la lata de cerveza que tenía en la mano. Me volteé para ver el reloj, eran más de las dos de la tarde. «¡Cuánto tiempo invertido!». La verdad, me daba igual, quería seguir desahogándome con Mareen.

—Nada cambió después de la boda: yo seguía siendo la misma mujer que hacía las tareas de casa y tenía que rendir en el trabajo.

Me despertaba temprano, preparaba a los niños para ir a la escuela, iba a trabajar dejando hecha la merienda. Sobre las dos de la tarde, regresaba a realizar las tareas restantes, ¡uuuff!, una máquina de hacer tareas —suspiré en voz alta—. Desde los seis años hago las mismas tareas. ¿Cuándo pararé?

Wilelò, en cambio, llegaba a las cuatro, a la hora de la comida. Se sacaba la bata y se aseguraba de que todo estuviera en orden, antes de sentarse a comer.

—Belako, creí que los bubis eran hombres modernos, que se preocupaban más por sus mujeres.

—Creo que no es una cuestión étnica, Mareen. En el caso de Wilelò, las conversaciones giraban casi siempre en torno a él, decía cosas como:

—¡Hoy he tenido una jornada dura y laboriosa!

El único que se atrevía a consolarle era su hijo Wathé, quien le decía:

—Papá, cuando sea mayor me vendré a la carpintería contigo.

—Tú debes estudiar y tener un doctorado, como tu madre —le replicaba Wilelò a su hijo.

Después de la comida, recogía la mesa, mientras Wilelò me daba un beso en la mejilla y salía de casa. Wilelò siempre regresaba tarde. Yo me despertaba para recibirle, como manda la tradición y reza la iglesia. Así se pasaban los días, los meses tras estos y los años después de los meses, y nos hacíamos mayores.

—En mi opinión, la mujer africana debe aprender a desobedecer —dijo Mareen.

—¿Qué quieres decir? —le pregunté con curiosidad.

—En África, la responsabilidad de educar está depositada en las mujeres. Cuando la mujer africana aprenda a dejar de educar como se la ha instruido, y educar como se debería, la sociedad sufrirá un proceso de transformación. A ti se te ha educado a que lo ideal en estas situaciones es que te levantes a medianoche a recibir a tu esposo, que aparece a medianoche, oliendo a cerveza y que, probablemente, viene de gastarse el dinero en una muchacha más joven que tú.

Si hicieses lo contrario, él solo tendría dos opciones: divorciarse o volver temprano a casa.

—Puede que tengas razón —le dije mientras pedía más cervezas, porque nos habíamos tomado todas las latas.

—Muchísimas mujeres nos dimos cuenta de que vivíamos una vida miserable cuando llegó la pandemia de la covid-19

—Me dijo Mareen, cambiando de contexto la conversación.

Capítulo 8

—Me enteré de la noticia un domingo por la mañana, tumbada en el sofá mientras hurgaba en la galería de mi celular.

¡Qué emocionante!, mis hijos habían crecido, Whate ya sabía bañarse, yo había engordado, Wilelò había adelgazado y muchas otras personas, cuyos rostros se recogían en varias fotos, se habían despedido de este mundo; es cierto que la buena gente se despide de este mundo, como se dice en mi lengua natal: «A baòpó balàlála a böpébare».

Mientras miraba las fotos, me llegó un mensaje que decía: «El Covid ha llegado a Guinea Ecuatorial». Creí que se trataba de la visita de algún presidente importante, de esos que su llegada obliga a bloquear la circulación en las carreteras de la ciudad, por seguridad, en un territorio pacífico donde no está permitida la licencia de armas de fuego.

Continué leyendo el mensaje para averiguar de qué país sería el susodicho, pero el mensaje continuó con una alerta sanitaria. Entonces me lo tomé en serio. El comunicado completo invitaba a adoptar una serie de precauciones por un virus mortal que no se había originado, por primera vez, en África y que se estaba cobrando vidas indiscriminadamente. Sentí pánico. Lo que había empezado como un día tranquilo empezaba a generar incertidumbre. Aquel domingo acabó como cualquier otro día, pero el lunes se mostraría más agitado.

El panorama era terrorífico: los teléfonos no paraban de sonar, los hospitales estaban repletos, las empresas habían cerrado, se habían cerrado las escuelas, había mucha inseguridad. Wilelò había empezado a fabricar ataúdes a un costo muy bajo, las calles estaban desiertas, en las noticias se leían estadísticas de personas muertas e informes sobre medidas de prevención.

Wilelò entraba en casa dándole un fuerte empujón a la puerta. Se olía la frustración y la impotencia en su rostro; se pasaba el día frente al televisor y amanecía con el martillo en la mano. Mi nueva tarea era la de levantarle los ánimos, ya que, por más desagradable que se sintiera, el negocio de la funeraria ponía pan en nuestra mesa.

—Nuestros hombres sufren de insuficiencia afectiva, porque crecieron obligados a reprimir sus sentimientos —afirmó Mareen.

—¿Crees que podrían ser víctimas del mismo sistema del que se benefician? —le pregunté.

—Sí, lo creo. Algunos hombres tienen la necesidad de llorar, pero han crecido aprendiendo que llorar es de débiles. Son almas enjauladas, que no saben ser ellos mismos y viven condicionados para compensar a una estructura de la que, aun queriendo, no pueden salir.

—Pero esa actitud está justificada, porque el mundo ha confiado su seguridad y dominio al género masculino, y en este ambiente de dominación masculina, las mujeres deberían abrir su propio camino, creo.

—Bueno, tampoco es que nos lo pongan fácil. Si crees que sí, eso es que no conoces a ninguna escritora de este país.

—¡Ummm! No conozco a ninguna, pero me gustaría ser escritora algún día, solo que me parecen personas lo bastante locas como para desnudarse mentalmente en sus escritos aun sabiendo que nadie las entenderá.

—Una vez, leí un libro sobre las mujeres y el consumo sexual —dijo Mareen girando la mirada alrededor —algo parecido a lo que pasa en este barrio.

—¡Ummm! ¿Y qué sabes tú de lo que sucede en este barrio?

—Mucho más de lo que te imaginas. Sé, por ejemplo, que algunas viviendas del barrio están siendo utilizadas como prostíbulos a donde los hombres llevan a chicas que hacen a mano[1]. Si te levantas temprano, podrás ver salir a distintas chicas menores de edad, casi los mismos hombres —dijo Mareen con una convicción que me dejaba perpleja—. Me pregunto quiénes son realmente las víctimas de este sistema de comercialización sexual incontrolable, y por qué razón muchas mujeres se suman a esta miserable vida: ¿realmente es posible llevar una vida con buenos principios y una moral sana pese a las necesidades económicas?, ¿qué hacen realmente los padres de estas menores de edad para que sus hijas se vean involucradas en esta actividad?, y ¿qué precauciones toma el Gobierno para erradicar o reducir este mercado?

—No sé, Mareen, jamás había pensado en ello —le dije, sin salir de mi asombro—. Hay muchas jóvenes de familias

---

[1]   Término coloquial que se emplea en Guinea Ecuatorial para referirse a la prostitución no institucionalizada.

pobres que darían lo que fuera por mejorar su vida, y, a decir verdad, esta sociedad no ofrece alternativas.

—Son ambiciosas. Quieren tenerlo todo de manera fácil, por eso hay tantas niñas embarazadas o infectadas con el VIH. La culpa es de ellas.

Me parecía que Mareen había vuelto a meterse en su papel de diva. Ella solo podía leer un lado de la historia; después de todo, jamás había conocido la pobreza. Era absurdo pedirle que me entendiese.

Eran las tres de la tarde, varios clientes se habían ido y otros se habían incorporado, el volumen de la música nos obligaba a subir la voz de cuando en cuando. Nuestra mesa estaba llena de latas, y nos seguían llegando invitaciones anónimas.

Mareen y yo habíamos perdido el control, pero sabíamos cómo llegar a nuestras casas, además, nos quedaba mucho que contar.

—¿Dónde pasaste más tiempo durante la pandemia? —preguntó Mareen.

—En mi pueblo —le respondí.

—¿Cómo fue que decidiste ir al pueblo en un momento tan delicado? —dijo Mareen con ganas de seguir escuchando la historia de mi vida con Wilelò.

—Fue idea de Wilelò. Una mañana de domingo cuando el sol chispeaba sobre los tejados, las mujeres corrían a hacer la colada, las niñas lavaban montañas de platos y los niños jugaban al futbol, Wilelò se me acercó para hacerme la propuesta.

—He pensado que debéis mudaros al pueblo un tiempo —me dijo Wilelò con voz firme—. Yo estaré bien. Si la situación se complica, cerraré la carpintería y me vendré con ustedes, para entonces, habré ahorrado lo suficiente —añadió para convencerme de que me fuera al pueblo.

—No creo que sea buena idea que te quedes, la ciudad se está volviendo un cementerio, el oxígeno del poblado te dará un chute de energía —repliqué intentando hacerle cambiar de idea—. Vente con nosotros.

Los intentos de convencer a Wilelò no tuvieron éxito, su instinto de varón protector no se lo permitía. La situación parecía no afectarme. Por más difícil que fuese el momento, siempre acababa la conversación regalándole una sonrisa.

Mareen, yo era la mujer de aquel hombre, que al día fabricaba no menos de seis ataúdes, por lo que había aprendido a apreciar cada momento. En períodos difíciles, y aunque los días comenzaban a parecer largos y las noches parecían no amanecer jamás, me aseguraba de poner una sonrisa en mi rostro.

Capítulo 9

Después de esta conversación, hicimos las maletas. Subimos al coche y recorrimos veintiséis kilómetros durante veinte minutos hasta que los neumáticos se detuvieron en tierras batoicopenses. Un pueblo cuyos habitantes viven de la agricultura, la cacería o la pesca, e invierten casi la mitad de sus ingresos en pagos al ayuntamiento; el agua, antes gratis, ahora se paga por tener acceso a ella. La construcción de tu vivienda te vale un importe económico en la caja del ayuntamiento, y la factura eléctrica ha subido de precio. Muchas familias han empezado a malvivir. A pesar del panorama, la gente no dejaba de mostrar su lado amable y solidario.

Bajamos las maletas del coche. Los niños estaban contentos. La gente se acercó a ayudar. Aquí parecía que no había aterrizado la pandemia. Nos despedimos de Wilelò y continuamos la caminata por el sendero que lleva a la casa familiar materna. Cuando llegas al pueblo, la gente espera que hagas un gesto de bienvenida (*ahopala*), invitándoles a tomar algo mientras les cuentas sobre la vida en la ciudad. Ellos, a su vez, te cuentan las travesuras que te has perdido. Por eso me tiré toda la tarde contando y escuchando historias del día a día sin importar que el tiempo se iba y se hacía de noche.

Mi querida abuela, una trabajadora incansable, había limpiado el cuarto donde íbamos a pasar las noches y preparado una gran olla de comida, como si alguien le hubiese dicho que veníamos de una huelga de hambre; el fuego de la hoguera, que ella había encendido en el patio para ahuyentar a los mosquitos, no paraba de escupir humo, y la gente no paraba de llegar para saludar o ver si había traído algo de la ciudad que se podía llevar a casa, según la tradición del pueblo. Era una tarde de ensueño.

Las mañanas, en el pueblo son húmedas, el lugar está siempre nublado del humo que sale de las cocinas de leña y carbón, y sirve, también, para ahuyentar a los mosquitos. El sonido de los pájaros, el canto de los gallos, las personas que hablan mientras se van a la finca y la música de la radio que, en hora punta, pone mi abuela, como único medio para estar informada de lo que pasa en la ciudad. Todo esto crea un decorado especial.

Eran las ocho y media de la mañana. Me dirigí a la cocina en busca de las sobras de comida del día anterior.

—¡Una mañana agradable!, querida nieta —dijo mi abuela sonriente mientras abría la ventana.

—Buenos días, querida abuela ¿ya se despertaron tus nietos? —le pregunté.

—Hace tiempo que se despertaron —respondió la abuela mientras doblaba las ropas que había retirado de la cuerda.

—Mareen, mi abuela era incansable, tenía la esperanza de recibir su salario una vez esté en el cielo ¡El Señor me lo pagará!, decía siempre. Igual que ella, hay varias mujeres valientes, que día a día arriesgan sus vidas para mantener a sus familias y a la sociedad en general.

—Pienso que el tópico de que las mujeres africanas somos fuertes e indiferentes a la infidelidad o al mal es mentira

—Alegó Mareen a lo que dije respecto a mi abuela—. Personalmente vivo en un matrimonio polígamo, pero no es una situación con la que me sienta a gusto. Por cierto, ¿volviste a saber de Wilelò?

—No. Hasta a finales de la cuarentena por covid-19.

Una mañana lluviosa, de estos días que nadie se va a faenar al bosque, más por miedo a la niebla que por la lluvia, seguía acostada en la cama sin intención de despegarme de las sábanas, cuando apareció la bella dama encorvada, abrigada de pies a cabeza, apoyada en su bastón, para darme la buena nueva:

—Está aquí tu marido, querida Belako.

Su ausencia debía tener alguna explicación, pensé mientras caminaba al salón. Wilelò se encontraba sentado en la vieja silla de madera, no pronunció palabra.

Aquella tarde regresamos a la ciudad, sin apenas despedirnos de las personas del pueblo. Y desde entonces, siento que mi vida a su lado no tiene ningún sentido.

—¡Vaya drama! No aparentas haber vivido todo lo que acabas de contar. Tu rostro se ve joven, y pareces una chica feliz que tiene todo lo que yo desearía —dijo Mareen.

—Las apariencias engañan, Mareen, y la vida es un continuo dilema —respondí sin ganas de seguir hablando—. Mejor pidamos más cervezas.

Volví a hacer un gesto al camarero o camarera para que trajese dos tiras de cervezas. Habíamos perdido la cuenta de cuánto habíamos bebido. Caía la tarde y el bar se inundaba de hombres y mujeres. El olor a sudor, a humo de cigarro y la música alta, configuraban un panorama no muy agradable.

Capítulo 10

Mareen parecía no estar interesada en volver a casa temprano, y yo, sencillamente, no tenía intención de volver a casa. Quería perderme en el elixir del alcohol y suponer que no habrá un mañana, porque será todo igual que ayer. Al igual que ellos, busco en la cerveza la alegría de estar viva porque mi vida no tiene sentido.

Abrí la lata de cerveza, le di un trago, eructé y continué la conversación con Mareen.

—Por cierto, es raro verte por aquí, ¿no crees? —le dije volteando la cabeza y enfocando la mirada en los rincones más cutres del bar.

Mareen volvió a sacar esa sonrisa sarcástica y se cubrió el rostro con las mismas manos que después devolvió sobre la barra.

—Me sentía enjaulada y tenía ganas de ser normal. Aparento tenerlo todo, pero no soy del todo feliz —respondió con mucha tristeza.

—Mareen, ¿por qué dices no ser feliz? —Pregunté con curiosidad.

—Una larga historia, Leoner —respondió.

—No creo que nos estén echando. Da tiempo a que me cuentes tu historia —le insistí.

—Mira, Leoner, mi padre fue Ministro de Fuentes Presidenciales, Protocolo Nacional de Misiones Especiales, patriota ejemplar, que intentaba hacer de nosotras una copia al carbón. La política era parte esencial de nuestra educación. Estábamos obligadas a aprender todos los ideales del partido, el himno nacional y las principales leyes del BOE. Su manera de demostrar que nos quería consistía en darnos todo lo que queríamos: vacaciones de lujo, vestidos de moda, los coles más caros, nos premiaba con todos los lujos, y la moneda de cambio era su ausencia. Sí, mi padre viajaba muchísimo. Siempre tenía alguna misión de Estado que cumplir.

Para quien no suponía un problema la ausencia de papá era mi mamá, que trasnochaba con algún amante o iba de copas con amigas. En ausencia de mis padres, nos asistía el tío Bembe, quien, según la tradición, era hijo de mi abuelo por derecho de la dote, pero biológicamente, era hijo del amigo del abuelo, concebido en un proceso de adulterio aceptado por la tradición. Las noches en las que mi madre vivía el éxtasis de la libertad, yo sufría la crueldad de un adulto que en mi tierna piel encontraba placer.

Di un recorrido alrededor con la mirada y luego de garantizar la confidencialidad, le pregunté:

—¿Fuiste violada?

—Sí, tenía doce años y estaba siendo sexualmente abusada en la casa de mis padres, sin apenas poder pedir ayuda. Con mi silencio, pagaba el precio a cambio de que mi tío no informara a mi padre de las salidas nocturnas de mamá. Si se chivaba a mi padre, mi madre sufriría una paliza brutal.

Asumí que no podía contárselo a nadie, y el tío Bembe se salía con la suya. Desde entonces, he servido de juguete sexual a muchos compañeros políticos de mi padre y a los hijos de estos ¡No creo que tuviera la infancia que me correspondía!

Mareen se detuvo, le dio un trago a su cerveza, pero, como seguramente ya estaba poco fría, tragó lo poco que bebió, volteo los ojos, suspiró y continuó hablando con menos ganas.

Cuando salí del país para la universidad, sentí que había conseguido huir de mi realidad, fueron buenos momentos —sacó su celular sonriente y me mostró varias fotos de aquellos años que pasó en la universidad asiática, luego depositó el celular sobre la barra, suspiró profundamente y continuó hablando—. A veces, el destino echó sus propias cartas, por eso, siete años después me enteré de que mi madre y mis hermanos habían fallecido en un accidente de tráfico, lo que me convertía en la única heredera. Creí que debía hacerme cargo de los bienes de la familia; por eso, regresé al país, una vez obtenido el título.

—Luego, después de todo, ¡no lo tuviste muy difícil!, por lo menos tienes bienes, puedes decidir no trabajar para nadie —le dije muy emocionada, aunque en el fondo me daba mucha envidia.

Mareen hizo otra pausa y tomó una bocanada de aire.

—Leoner, mi padre había cobrado la dote de la mano de uno de sus hombres de confianza y me entregó en matrimonio junto con los bienes que heredé. Según la tradición, las mujeres no podemos heredar, ni llevar negocios. Ser una de las esposas del general Azama suponía un privilegio para mi padre.

Con un gesto logré que la camarera trajese dos cervezas más. Consciente de que me estaba convirtiendo en el segundo tema de conversación del barrio, me centré en lo que me estaba contando Mareen, para no perder detalles.

—Mareen, ¡me parece terrible todo lo que has contado! Las personas pudientes aparentan tener menos problemas, jamás lo había mirado desde otro ángulo —le respondí sorprendida.

—Ser la tercera esposa de Azama me anula como persona. Se me teme por ser una de las propiedades de un hombre con mucho poder —añadió Mareen—. Tampoco es que mi vida tenga muchos detalles.

La oscuridad se enseñoreaba en las calles, la música sonaba a todo volumen, Mareen y yo estábamos algo pasadas de copas. La historia de dos mujeres distintas era un capítulo abierto que cualquiera podría seguir redactando. Nosotras estábamos cansadas de revivir angustias en cada página.

—Bueno, Leoner, debo irme, ha sido una conversación agradable, nos vemos cuando tú quieras —dijo Mareen mientras se despedía; dejó su tarjeta sobre la barra y se acercó al o la camarera o camarero, que estaba aclarando unos vasos dentro de una palangana con muy poca agua para vasos tan sucios, pagó la cuenta, y salió por la puerta sin mirar hacia atrás.

—Gracias, Mareen, nos vemos cuando quieras, en este bar o en cualquier otro —le dije elevando un poco más la voz, ya que se encontraba a la entrada del bar.

Yo intentaba disipar cierta realidad y aterrizar sin ayuda de nadie, seguía sentada en la barra, divagando.

»¿Podría ser una estrategia del patriarcado utilizar a la mujer para criminalizarse a sí misma y a otras?, porque inconscientemente estamos siendo explotadas por un sistema que no nos beneficia y que, además, nos enfrenta por el color de la piel, situación socioeconómica o estado civil; y la otra cara de la moneda, que casi nadie ve, son los enfrentamientos que generan esas divisiones, en las que muchas mujeres pierden la vida sin que el patriarcado se manche las manos; todas recibimos los mismos golpes, aunque en diferentes lugares, y lloramos, aunque no nos escuche nadie.

Ahora debo regresar a mi realidad, una mujer que se sacó un título universitario para acabar sirviéndole a todo el mundo, menos a sí misma.

Aprenderé a sobrellevar esta situación con una sonrisa, pues los días terminan rápido y la oscuridad se enseñorea en algunas viviendas sin luz, pero la música de los bares seguirá creando un panorama animado de un barrio medio iluminado. Yo siempre podré venir a por una cerveza y conocer gente. Poco a poco pasarán los días hasta que vuelva al polvo.

Le di el último trago a la lata de cerveza, me giré para mirar el reloj de la pared. Son las 22:30 de la noche. Mis hijos se habrán dormido. Agarré el bolso y salí del bar, crucé la carretera carcomida que separa el bar de la escuela secundaria, tomé unos cuantos atajos, salté charcos y llegué a casa antes que Wilelò.